KB007041

골프와 인생 | 박화진

곰곰히 생각해보니

동반자^{Co-Player}의 한마디

동반자와 소중한 추억을 적어봅시다!

Contents

Contents

부록

내 생애 첫 라운드 기억

- 언 제 :

- 어디서 :

- 누구와 :

- 스코어 :

HOLE	1	2	3	4	5	6	7	8	9	
PAR										
SCORE										

HOLE	10	11	12	13	14	15	16	17	18	TOT
PAR										
SCORE										

인연
이야기

GOLF CLUB

초심

우리 머리 올리던 날

설렘과 두근거림 생각나지?

이젠 서로 마음의 칼은 그만 갈자고…

PARKHWAIN 20.0828

☞ 골프를 위한 칼(연습)은 갈아도 부부의 마음의 칼은 무뎌도 된다

02 HOLE

관심

늘 이렇게

지켜봐 줄 거지?

"글쎄… 하는 거 봐서"

13

03 HOLE

넘사벽*

"공을 보라니까 뭘 보는 거야!"

"여보!, 손목 아파요 살살 잡아요"

지상 최대 어려운 문제 ㅜㅜ

....

* 넘사벽 : 넘을 수 없는 사람의 장벽

☞ 배우자에게 레슨하는 것은
부부 금슬도 극복하기 쉽지 않다

부부의 대화

"여보 많이 느셨네요"

"ㅎㅎ 그래?"

"좀 빼셔야겠어요!"

☞ 시간이 흐를수록 겉돌 수 있는 것이 부부의 대화

적당한 거리

"안 맞을 것 같지?"

"넘 가까워서 ㅜㅜ"

좀 떨어져야겠는걸

때늦은 바람

이제부터 꼭

"손잡고 다닙시다!"

"내 공은 전혀 딴 곳에 있는데…"

중년 남자의 때늦은 바람

이제부터 꼬오옥 손잡고 다닙시다.

내 공은 저 멀리 떨어져 있는데요.

거기 갔다가 다시 여기 와서 치면 되지요.

그건 당신 생각이고요. 불륜처럼 보일 것 같아요.

그동안 혼자서 잘하는 줄 알았거든요.

진작에 좀 손잡고 다녔으면 좋았을걸요.

이제부터라도 잘해봅시다 쉽진 않겠지만….

홀로서기

이젠 혼자서

하는 법을 알아야 해

언제까지 해줄 순 없거든

혼자하기 힘들었던 일들은…

무한 칭찬

"자기야~, 내 드라이브 샷 어때?"

(헉! 비거리 30미터)

"와~, 방향성 짱이야!!"

☞ 동반자(배우자)를 칭찬하자

남과 여

(비가 너무 와서 안되겠군)

"어디가?"

"스크린 골프라도…"

"빨래 걷어야지…"

나의 현실 인식은…

생각의 눈

"저 달이 자기 얼굴 같애"

"나는 골프공처럼 보이는데!"

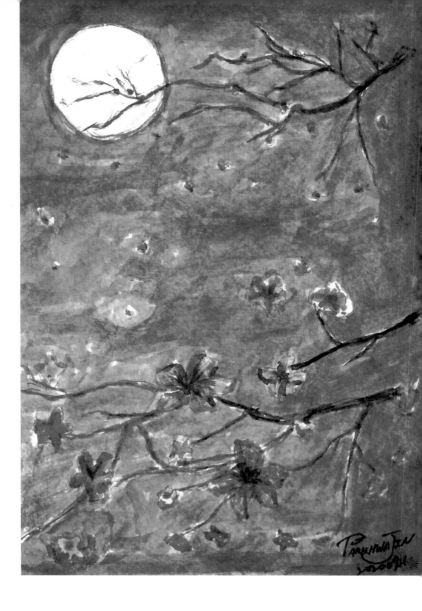

밀당

너무 튕기지 마

적당히 튕겨야

제대로 들어가거든

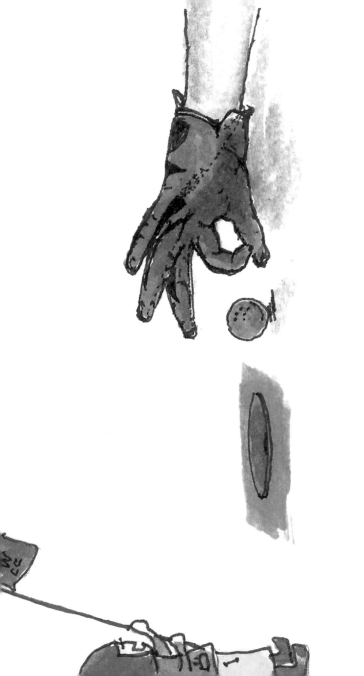

자식 교육

아들아!

인생에는

연습장이 없더라

인생 샷

사는 것도 연습장이 있으면 좋으련만
바로 실전이니 포기할 수도 없고….
한 라운드 끝나면 복기라도 잘해서
같은 실수를 하지 않아야 잘 살아낼 수 있을 것 같다.

Taehwa Jin 20200816   PARK JI SUNG

☞ 부모의 삶은 자식의 교과서다

마음 비우기

"똑바로 저 넓은 데로 가렴"

"아뇨! 제가 가고 싶은 대로 갈래요"

'마음을 비워야겠다'

자식

애야! 저 멀리 넓은 데로 똑바로 날아가렴.

아뇨! 제 가고 싶은 대로 가는 거죠.

아, 맞아! 내게서 나온 거지만 내 게 아닌 거였지.

자립 or 지원

뒤에서

조금 밀어줘야 되나?

혼자서 하게 해야 되나?

모정

아들아! 애미는 네가 못했을 때

널 더 사랑한단다!

'스코어지 볼쏘시개라도 하게 가져오너라'

아! 나의 어머니, 그 기억들…

진짜 친구

이 친구

정말 어려울 때

뒤에서 봐주네

우정
적금을 탔네 그려.
진짜 어려울 때
뒤에서 봐주는군.
작은 액수지만
평소에 차곡차곡 넣어둬야겠어.

친구와 돈

들어가길 바라는 놈

안 들어갔으면 하는 놈

들어가겠느냐는 놈

친구와 돈

다 좋은 친구라고 생각했었지.

네 명이 늘 같이 골프를 친 거야.

AI 기계를 장만했어.

사람 심리를 읽는 카메라 같은 거야.

퍼트할 때 기계를 작동시켜 봤지.

웃겼어, 참 친한 친구들이었는데

들어가길 간절히 바라는 놈.

안 들어가길 바라는 놈.

들어가거나 말거나 하는 놈.

다 딴 마음으로 나오는 거야.

왜 그랬겠어?

돈이 문제였어.

돈 앞에 흔들리는 걸 알았지.

친구는 돈과 연결시키면 안 된다는 걸 깨달았어.

솔직한 친구

성질 안 좋은 놈이

솔직한 놈일 수도 있으니

나쁘게 여길 것까진 없겠지

PARKHWAJIN
20200827

☞ 속내를 드러내지 않는 친구보다는
성질 나쁜 솔직한 친구가 좋을 수 있다

마음(멘탈)
다스리기

GOLF CLUB

내려놓기

헤이 버디!

잡고 싶다면 손에 쥔 것들을

먼저 내려 놓아야 될걸?

내려놓기 힘들었던 일들…

02 HOLE

방향성

지금부터는

'멀리'보다는

'어디로'가 더 중요할 것 같긴 한데…

TARKHWAJIN 20200831

방향성이 중요한 일들은…

03 HOLE

탐욕

마지막 저격 대상은?

잘 안 죽는 놈이야

뭐지?

☞ 내 안의 탐욕이 제일 강한 상대일 수 있다

머시* 중헌디?

가끔씩 말이야

나보다 내가 가진 걸

더 소중히 여기더라고…

머시 중헌디?
내가 가진 것을 나보다 중하게 여겼더니
내가 가진 것들이 나와 무한 경쟁을 하네.
나는 경쟁자를 위해 희생을 감수했었고
나는 경쟁자를 위해 나를 속이기까지 했는데
나를 이긴 경쟁자는 나를 떠나고 마는구나!
머시 중허냐 따져보니
나를 내가 가진 것보다 더 소중히 여기는 거였네.

* 뭣이

☞ 정말로 소중히 여길 것을 소홀히 하지 말자

타인의 시선

폼은 좋았는데

'삑사리가 났구먼'

주변을 너무 의식하는 것 같은데…

☞ 정작 타인은 내가 관심 밖일 수 있다

타인의 시선을 의식했던 순간들…

자폐증

너무 고민하는 거 아냐?

쉬운 건 나름대로

다 이유가 있을 거라고…

자폐

세상일에 너무 쉬운 것은

다 이유가 있을거라고

지나치게 고민하지 말라.

늘 음모가 있을 거라고

너를 유폐시키는 건

네 안의 지친 방어막이다.

☞ 때로는 있는 그대로 느끼고 받아들이자

소심

속 보이는 짓 했다고

속상해하지 말아야겠어

의외로 좋은 결과도 있더라고…

소심했던 순간들…

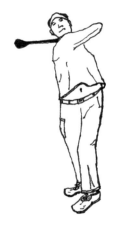

☞ 속 보였다고 자책하지 말자

고독 유희

사람들 다 가고

나 혼자 남았구만

그래도 볕이 있으니 좋다

혼자 있고 싶을 때…

☞ 고독을 즐기면 삶을 살찌울 수 있다

삶의 무게

둥둥 떠다닐 달에 가기 전까지

지구에 있는 동안에는

삶의 중력을 견디며 살 수밖에…

☞ 삶의 무게는 누구나 느끼고 살아간다

유혹 탈출

"홀인원하면 백만 원(만 원 걸고)"

'될 것 같은데…'

'그게 함정이지 낄낄낄'

☞ 함정이 깊을수록 함정이 아닌 것처럼 보인다

실망 사절

치밀하게(능력진단 ⇒ 목표설정 ⇒ 실행)

그래도 삑사리?

그러니까 사람이다!

☞ 실패로 실망하면 성공은 멀어진다

왕년에

왕년은 갔어

물도 못 담는 컵 들고 있어 봐야

팔뚝만 아플 거야

☞ 추억은 추억일 뿐이다

새로운 시작

황혼이 저물어 간다네

서산에 까만 점 하나 마저 보태고

슬슬 짐 챙기세나 또 해가 뜨겠지

은퇴 후 어떤 삶을 살고 싶은지…

내리막길

아들아!

내리막길 조심해라

훅(hook) 가는 수가 있다.

힘든 일이 있을 때는…

비움의 미학

"그 공 너 가져"

"아니, 홀 옆에 떨어뜨려 줄게"

'아! 주는 것이 얻는 것이군'

Parkhwa Jin
20200911

중년 고민 ^{탈모}

"오늘은 몇 개 빠졌을까?"

"많이 빠진 것 같아요"

"안 빠질 방법 없나 ㅜㅜ"

☞ '해저드'에 빠지고 '머리털'도 빠지고 중년의 고민은 깊어간다

소탐대실

눈앞의 작은 것을 찾으려다

더 큰 소중한 것들을

잃을 수도 있겠지

☞ 해저드에 빠진 ball을 찾으려다…

당신을 힘들게 하는 고민…

영화처럼

"회원님 여기서 이러시면…"

한 번쯤은

'영화처럼 살고 싶을 때 있잖아요!'

깡생

실력 있냐?

돈 있냐?

잘생겼나?

깡생깡사

돈 많냐, 실력 있냐, 잘생겼냐?
없다! 깡 있다.
새우는 죽어서도 깡으로 산다.
살아있는 내가 뭘 못하겠냐?
다 있구만!

미친 도전

풍차 지붕에서

드라이버 샷으로

저 강을 한번 넘겨 보리라!

미친 도전

그럴 때 있었지. '너 미쳤어?'라는 소리를 듣고도
무모하게 막 내지르던 일, 한 번쯤 그러고 싶을 때 있잖아.
평온한 들판에도 한 번씩 폭풍이 몰아치더라고
그리고 찾아오는 고요가 더 아늑해져.

대박 비법

흥부도 박 터지기 전까지 톱질했지

풍요로움은 땀의 결실

대박은 그냥 터지는 게 아닐 듯

반칙

인생 별것 있냐며

한 방에 날리려다가

한 방에 가는 수가…

어제보다 행복한 시간을 위해 오늘 무엇을 했나…

☞ 반칙의 열매는 쉽게 열리지만 그 맛은 쓸 수 있다

겸손

아이쿠!

힘 조절은 평소 해야지

갑자기 하려면 우스운 꼴 돼

Tarkhwa Jin
20200819

99

듣보잡폼*

상대가

변칙으로 나올 때

어떻게 대응해야 하지?

....

* 듣보잡폼 : 듣도 보지도 못한 잡폼

변칙에 대한 다음 전략은…

무한도전

양말 젖는 게 두려운 거야?

실패할 것 같은 마음이 두려운 거야?

시도는 해 봐야지!

☞ 그녀의 까만 발등을 기억하는가?

소명

외롭고 힘들지?

아니!

해야 할 일이 있거든!

자기 확신

도전하려는데

무모하단 말을 듣거든

평균인의 관점으로 여겨 버려!

무모한 도전

무모하단 말에 주눅들지 마라.

도전은 황당해야 맛이 깊어진다.

안주하는 인간은 술안주만 축내는 밉상 인간이 된다.

삶의 진한 미각을 제대로 음미하려거든

생을 마감할 때까지 도전하고 또 도전하라.

2020086 PARKHWAJIN

멀티플레이

타이거 우즈도

'우드'만으로 승리한 거 아니지

사는 데는 다양성이 필요해

타이거 Woods

인생 2막 비법

후반전은 슬슬 힘 빼야지

전반전엔 힘 들어가서

실수가 많았던 것 같애

훈수

알면서도

들어주는 사람이

한 수 위가 아닐까?

공감

하수는 잘 모르면서 가르치려는 사람이요

중수는 잘 안다며 가르치려는 사람이요

고수는 잘 알면서 조용히 듣는 사람이요

상수는 고개를 끄덕이며 씨익 웃어주는 사람이다.

☞ 공감은 소통의 표준어다

차이 인정

"그것도 못 넣냐? ㅜㅜ"

내가 쉽다고

모든 사람이 쉽진 않아!

타박

"그것도 못하냐?"
내가 한다고
모두 다 잘할 거라 착각하지 마라.
신은 인간을
똑같이 만들지 않았다.

우회

앞으로만 가려 하지 마

뒤로 옆으로 가는 방법도 있더라고

뒤늦게 후회했었지 ㅜㅜ

우회의 미

직진해서 빨리 달렸더니
풍경을 못 보고 왔네.
돌아가는 길로 천천히 걷고 보니
풍경이 보이는구나!
진작에 알았으면 좋았을걸
이제라도 알았으니 다행이지만….

119

15 HOLE

판단 착오

"어디 안 좋은 데 있냐?"

"아! 이빨 뽑았구나"

겉모습만 보고 판단하면 실수하더라고…

수처작주 隨處作主 *

잠자리야

불편하지?

괜찮아 나무(우드)니까!

* 수처작주(隨處作主) : 어떤 경우에도 얽매이지 않는 주체적인 태도

수처작주했던 기억들은…

선택의 순간

'옆으로 돌아갈까?'

'똑바로 갈까?'

어려운데…

☞ 인생은 선택의 연속이다

외줄 타기

인생은 제각각 스타일로

외줄 타며

살아내는 것 아닐까?

세상사는
이야기

GOLF CLUB

정치

퍼터가 돈이 더 되나 보네

실리냐

명분이냐

그때 그 시절

'들어갈 때까지 하실 겁니까?'

'다들 그렇게 안 하는가?'

'하긴 그린에 떨어지면 OK 주기도 했다는데…'

권력자의 골프 뒷담화…

뭐 하는 사람인고?

거울에 안 비치네

영혼이 없다더니

아! 알겠다

☞ '영혼이 없다는 공직자', 그들의 골프는 영욕이 되곤 한다

사생결단[*]

이름 : 정부미

죄명 : 골갑질

범죄 사실 : 태풍 피해 지역에서 스윙 연습

---

* 금지령이 내려도 치는 공직자의 골프, 그 옛날 영국에서도 귀족들에
  대한 골프 금지령이 있었다는데…

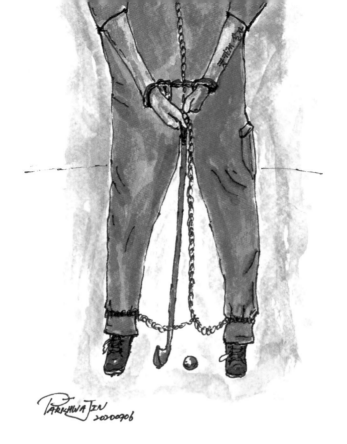

137

광기

미쳤다고

손가락질하지 말라

"미친 세상엔 내가 정상이야!"

광기

돌고 있는 것을 모르는 것은
지구처럼 너무 큰 것이 돌아서 도는 줄 모르거나
회전 물체보다 더 빨리 돌아서 도는 줄 모르는 거다.
정상인인 줄 착각에 빠진다. 세상은 광기로 쌓여있다.

눈도장

예나 지금이나 사진 찍을 땐

다들 갖은 폼 잡는데

돈 낼 일 생기면 슬그머니 꽁무니…

☞ 눈도장이 생존 전략인 사람들은 누구?

유비무환 有備無患

"무서운 칼은 뽑은 것이 아니다!"

"네?"

"부단히 갈고 있는 칼이야!"

20200901 ParKhxaJin

143

장한 아들

어미의 안정된 샷

우리의 장한

아들들이 있기에!

보이지 않는 적

정말로

무서운 건 말이야

눈에 안 보이는 적이야

무서운 기억들…

밥그릇 싸움

"야! 아그"

'좋은 말 할 때 공 거기 둬!'

'나가 악어다! 뭐가 겁나것냐!'

☞ 밥그릇 싸움은 인간 세상에서 더 치열한 것 아닐까?

양심의 자유

금, 은, 동

어느 것이 네 것인가?

잃어버린 것을 가져가라

153

12 HOLE

덕치 德治

장군님~

칼은 어쩌시고?

"세상을 칼로만 다스릴 수 없다!"

☞ 칼(檢)로 흥한 자 칼(檢)로 망한다는데…

안 해도 될 말

뭔 말이야?

"너 알깠지?"

"나는 말인데…"

얼룩진 말

너 말이야, 내가 뭐?

알깠지? 나? 말이잖아!

살면서 안 해도 될 말은 하지마.

얼룩말은 멋있는데 얼룩진 말은 입을 더럽게 돼.

☞ 말로 먹고 사는 사람들, 말로 망하기도…

복병

모든 바람이 멈췄구나

지금이다 지르자!

'숨은 바람이 있을 것 같은데…'

신념

꽃은 흔들리면서 피겠지만

사람은 기본이 흔들리면

다 흔들린다

신념 실종

꽃은 흔들리며 피어도 꽃

흔들리는 꽃무리는 더 아름다운데

흔들리는 사람이 넘쳐나는 지구

세상이 더 어지러워지는구나!

나눔

저 공 OB되면 계란 한 줄인데…

걱정마요!

이번 홀 이기면 다 쏠게

☞ 지구촌엔 배고픔에 시달리는 아이들이 아직도 있다

무노동 무임금

아! 이 108 번뇌를 극복할 방법은?

"별을 따고 싶은가요?"

"하늘부터 보시죠"

좌냐 우냐?

오른쪽이죠?

왼쪽인 것 같은데요?

어떡하지?

골프장에서
생긴 이야기

GOLF CLUB

Pee[*] GA

미리미리

챙길 건

따로 있었네

....

* Pee : 오줌누기

☞ 지금 변소? 소변 금지?

3분 전쟁*

그들은

시간과

싸우고 있다

....

* 2019년부터 lost ball 찾는 시간이 5분에서 3분으로 변경되었다.

핸디캡[*]

마신 만큼 모자에 돈 넣으라는데

'기억 안 난다 할까? 아니야 솔직해야지'

양심한테 양보하자

....

* 핸디캡은 솔직하게 말해야 한다.

175

여성 골퍼 1호 메리 여왕[*]

칼은 말이야

"3일만 안 써도 녹이 슬거든…"

'남편 서거 3일밖에 안 지났는데…'

....

* 골프광 스코틀랜드 메리 여왕은 남편이 죽은 지 3일 만에 라운드 나갔
  다는 설이 있다.

"Merry" 햐써! golfer

CARDE

꼼수 사절

실력에 밀리면

패션으로 밀어볼까?

혹시 통할지도…

PARKKINA IIN 20.09.25

배려

그녀의 시간입니다

잠시

정숙할까요?

배려

나에겐 하찮은 순간

누구에겐 소중한 순간

그 순간을 위해 잠시 멈춤

☞ 경기 보조원(캐디)도 동반자의 일원이다

그들의 꿈

힘들지?

그래도

해가 뜨고 있거든

183

모나[*]캐디

제 미소의

비결은

당신의 매너입니다

....

* 모나는 귀부인 등 여성을 높여 부르는 말이다.

☞ 경기 보조원(캐디)에 대한 나의 매너가 라운드의 분위기를 이끈다

내기 결산

"왜 안 맞을까?"

"연습 좀 하지!"

"아니 돈 말이야"

영업 비밀

한 잔에 얼마요?

만 오천 원입니다

원가는?

☞ '그늘집'의 음식값 책정 기준?

친환경

일자리가 좋긴 한데

힘든 일 안 하고 먹을 것도 많아서

문제는 제초제야 ㅜㅜ

디봇 Divot *

뭐 해요? 빨리 갑시다

잠깐만요!

제가 저지른 것 정리 좀 하고요

....

* 디봇(divot) : 골프공을 칠 때 골프채에 뜯긴 잔디 조각

뒷정리를 잘 못했던 기억들…

이글

이글거리는 눈빛으로

이글(eagle)한 친구

독수리 눈보다 무서웠다

PARKHWAJIN 20.09.25

197

양심의 빛 <small>로스트 볼</small>

"공 있나요?"

"으으, 네!"

가로등이 평소보다 왜 더 밝지?

15 HOLE
관종*병

"너무 나왔어, 반칙!"

"배 나온 거도 안 되남?"

"아니, 티 위치가 너무 앞이잖아!"

'아! 내 개인사에 큰 관심이 없군'

....

* 관종 : 관심종자란 말로 남의 관심 받기를 좋아하는 사람

사랑의 종

동반자를 사랑하라!

종을 울려 널리 멀리

그대를 사랑한다고 알려라

사랑의 종소리

새벽녘 종소리에 그대 심장 뛰는 소리도 함께 실려가
사랑의 시작을 알리고 싶다.
한낮의 종소리에 그대 사랑한다는 말도 함께 실려가
널리 멀리 퍼져갔으면 좋겠다.
저녁녘 종소리에 그대 사랑했었다는 눈물도 함께 실려가
되돌아오지 않았으면 좋겠다.
온 지구를 휘감아 도는 천상의 종소리에
내 사랑 얘기 가득 찼으면 좋겠다.

풍경의 美

멀리 있는 풍경일수록

아름답게 보일 수 있거든

다가가면 실망할 수도 있어

있는 그대로 보자

☞ 멀리 보이는 풍경은 평화롭다

벙커

벙커에 한 번 빠졌다고

낭패감에 젖다니!

평생 모래밭에 사는 사람들도 있는데…

귀갓길에서
: 라운드
되돌아보기

GOLF CLUB

실력 향상은 자각이 먼저다

자세히 봐도 그 점수다

오래 봐도 그 점수다

그게 너 점수다

골프 에티켓 ①
골프장에는 최소한 한 시간 전에 도착하여 라운드 준비하자.

백돌이는 생각이 많은 것이 문제다

예술(드라이버)은 밥먹고 살기 힘들고

과학(아이언)은 끝이 안 보이고

영감(퍼트)은 잡생각에 흔들리고…

골프 에티켓 ②
Tee Off 시간을 엄수하자.

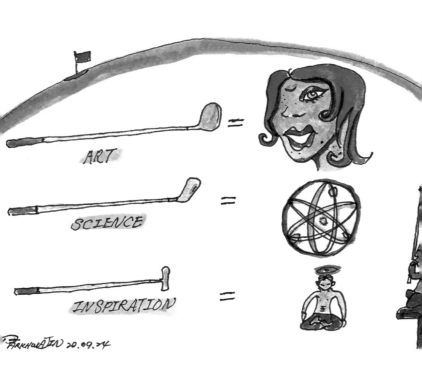

ART =

SCIENCE =

INSPIRATION =

PARKHOMJEN 20.09.24

213

댄스 파트너와 춤추듯이 하자

응용 한 번 해볼까요?

어깨 힘 빼고

허리는 부드럽게 턴~

골프 에티켓 ③
Teeing Ground에서는 스윙 연습을 하지 말자.

HOLE

은퇴자의 자세로 하자

어깨 힘 빼고(자연인)

고개 숙이고(겸손)

하체 흔들리지 말고(건강)

다른 플레이어가 Tee Shot을 할 때는 그의 오른쪽 멀리 떨어져 서서
지켜보자.

스윙 습관은…

과유불급 過猶不及 * 이더라

전날 몸풀기는 가볍게

과도한 간보기

화를 자초하는 수가…

골프 에티켓 ⑤
동반자가 샷을 할 때 연습 스윙을 하거나 지나치게 떠들지 말자.

....

* 라운드 전날 과도한 연습?

☞ 라운드 전날은 가벼운 스트레칭으로

지나친 연습보다
적당한 휴식이 필요하다

"자기야 그만하고 좀 쉬자!"

지치면 지고 미쳐야 이긴다?

미치면 병원 가야 될걸

골프 에티켓 ⑥

자기 샷이 끝났다고 마지막 플레이어가 치기 전에 걸어가는 행동을
삼가자.

휴식

지치면 지고 미쳐야 이긴다고? 미치면 병원 가야 해.

인간을 왜 휴(休)먼이라고 하겠어?

지치면 쉬어야 하는 사람이기 때문이지.

아담이 이브랑 나무 그늘에서 푹 쉬었으면

익은 사과를 먹었을 거야.

설익은 사과를 급히 따먹다 보니 배탈이 나서

지금까지 아픈 거거든.

타수 공개 거부 이유가 있었네

"몇 타?"

"쉿!"

벽에도 귀가 있거든

골프 에티켓 ⑦
골프는 자신과의 싸움이다. 남 탓하지 말자.

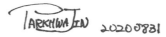

☞ 타수의 비밀, 이유가 뭘까?

라운드 전날 꿈에 시달리지 말자

'저랑 라운드 한 번 하실래요?'

'미인한테는 약한데요 ㅎㅎ'

"여봇! 출근 안 해요?"

골프 에티켓 ⑧
동반자의 기분을 고려하여 자신의 샷을 기분대로 표현하지 말자.

225

왕도는 Only 연습이다

전하 ~~

비책이 있으신지요?

"왕도는 없다!"

골프 에티켓 ⑨
가르쳐 달라고 하기 전에 먼저 훈수하지 말자.

왕도

세상살이 보통 사람들에겐 왕도란 있을 수 없다.

그저 열심히 노력해서 살 수밖에.

'엄마 찬스', '아빠 찬스' 이게 뭔 말이냐?

먼 나라 이웃 나라 이야기였으면 좋으련만

열심히 사는 사람 힘 쭈우욱 빠지게 하는구나!

희로애락 喜怒愛樂 이더라

골똘히 생각해 보니 인생도 골프도

기쁠 때(喜)도 화날 때(怒)도 있지만

함께하는 사람들과

사랑(愛)하고 즐기며(樂) 해야 하는 것이었어

골프 에티켓 ⑩

캐디는 동반자의 일원이다. 이름을 불러주는 예의를 갖추자.

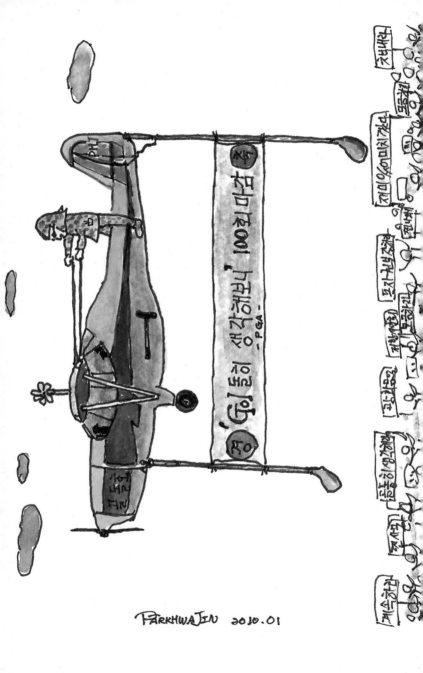

부록

GOLF CLUB

01
골프 명언들

가르쳐 달라고 하기 전에 먼저 가르치려고 하지 마라
– 스코틀랜드 명언

볼에 너무 가까이 서도 너무 멀리 서도 몸의 동작은 나빠진다
– 벤 호건

골프를 보면 볼수록 인생을 생각하게 하고, 인생을 보면 볼수록 골프를 생각하게 한다
– 헨리 롱허스트

좋지 않은 스코어로 라운드했다면 잊어버려라. 다음 라운드도 그렇다면 기본으로 돌아가라. 그래도 마찬가지라면 프로에게 도움을 청하라
– 스코틀랜드 명언

골프 게임의 90%는 멘탈이어서 제대로 플레이하지 못하는 골퍼들에게 필요한 것은 레슨 프로가 아니고 바로 정신과의 싸움이다

– 톰 머피

힘 빼는 데 3년, 임팩트 때 볼을 보는 데 3년, 피니쉬 자세를 취하는 데 3년, 마음을 비우는 데 3년이 걸린다

– 미상

좋은 골퍼는 볼을 치는 동안 좋은 일만 생각하고 서툰 골퍼는 나쁜 일만 생각한다

– 진 사라젠

골프게임은 공을 적게 치면 마음이 풍족하고 많이 치면 건강에 좋다

– 미상

많은 비기너들이 스윙의 기본을 이해하기도 전에 스코어를 따지려 든다. 걷기도 전에 뛰려는 것과 같다

– 잭 니클라우스

고수는 본 대로 공이 가고, 중수는 친 대로 공이 가고, 하수는 걱정한 대로 공이 간다

– 미상

골프에 나이는 없다. 몇 살에 시작하더라도 실력은 는다
– 벤 호건

싱글은 1라운드에 2개의 미스히트에 하루를 고민하지만 비
기너는 1라운드에 2개의 굿 샷으로 하루를 만족한다
– 미상

롱퍼트가 거리감이면 쇼트퍼트는 자신과 용기이다
– 미상

강하게 치려고 하지 마라. 정확하게 칠 것에만 집중하라
– 폴 레니언

위대한 플레이어일지라도 여러 차례 패하는 것이 골프다
– 게리 플레이어

골프를 즐기는 것이 바로 이기는 조건이 된다
– 헤일 어윈

그 사람의 됨됨이는 18홀이면 충분히 알 수 있다
– 스코틀랜드 속담

골프는 이 세상에서 플레이하기는 가장 어렵고 속이기에는
가장 쉬운 게임이다
– 데이브 힐

좋은 골프 파트너는 항상 당신보다 조금 더 못 치는 사람이다
– 스코틀랜드 명언

캐디가 당신을 도울 수 있다고 생각한다면 당신은 아직도
골프를 모른다
– 던 쟁킨스

3명의 친구가 함께 나가 18홀을 돌고 나면, 3명이 모두 적
이 된다
– 미상

6일간 하루 10분씩 연습을 하는 것이 한꺼번에 60분 연습
하는 것보다 좋은 결과를 가져다 준다
– 레스리 숀

02

골프에 관한
잡다한 규칙과 지식

■ 경기 방식

① 스트로크 플레이(Stroke Play)

일반적인 경기 방식으로 18홀 기준 전체 타수가 적은 사람이 승리하는 경기

② 매치플레이(Match Play)

각 홀의 타수로 결정하는 방식으로, 전체 게임에서 이긴 홀이 많은 사람이 우승하는 방식

③ 포볼(Fourball)

팀별 2명의 플레이어가 각자 자신의 공을 가지고 플레이한 후 각 팀에서 좋은 스코어를 계산하는 방식

④ 포썸(Foursome)

팀별 2명의 플레이어가 팀별 1개의 공으로 순서를 번갈아가며 플레이하는 방식

■ 클럽

골프 클럽은 기본적으로 우드 1, 3, 4, 5번, 아이언 3, 4, 5, 6, 7, 8, 9번, 피칭 웨지, 샌드웨지, 그리고 퍼터를 포함한 14개의 클럽이 풀 세트로 이용된다. 클럽 개수 14개를 초과해 라운드하면 규정 위반으로, 홀당 2벌타, 최대 4벌타까지 부과한다.

■ 티잉 그라운드(Teeing Ground)

플레이어는 티잉 그라운드에서 볼을 인플레이할 경우 티잉 그라운드 구역 내에서 플레이하여야 한다.(티마커로부터 2클럽 이내)

■ 정지하고 있는 볼이 움직인 경우(Ball at Rest Moved)

규칙에서 허가된 경우를 제외하고는 공을 만져서는 안 된다. 그렇지 않으면 1벌타를 받는다.

■ 해저드 내 스윙

스윙하기 전에 클럽이 물, 모래, 땅에 닿아서는 안 된다.(위반 시 1벌타)

■ 분실구(Ball lost)

1벌점이고, 전에 쳤던 곳으로 돌아가 드롭 또는 플레이스하여 다시 친다.

■ 언플에이어블

언플에이어블한 지점에서 2클럽 내의 지점으로서 홀에서 가깝지 않은 곳 또는 그 지점으로부터 후방선상에서 1벌점 후 드롭하고 다시 친다.(벙커에 있을 때에는 벙커 내에서만 드롭)

■ 스윙의 기본 자세

그립을 부드럽게 잡고, 오른발 안쪽으로 체중 이동하여 부드럽게 왼팔로 리드하며 백스윙, 오른팔 옆구리에 붙여 다운스윙, 눈은 공을 보며 임팩트, 피니시.

■ 플레이하는 볼을 바꿀 때

상대방에게 꼭 알려야 하며 홀 중간에 OB로 인해 주머니에 넣어둔 다른 볼을 사용할 경우도 꼭 알려야 한다.

■ 볼을 치는 방법(Striking the Ball)

볼은 클럽헤드로 올바르게 쳐야 하며, 밀거나 끌어당기거나 떠올려서는 안 된다.

■ 멀리건 샷(mulligan shot)

티잉 그라운드에서 미스 샷을 한 뒤 동반자의 허락을 받고 벌타 없이 다시 치는 샷이다.

■ 장애물(Obstructions)

장애물은 모든 인공 물체이다. 만일 제거할 수 있으면 해저
드 내라도 제거해도 된다. 움직일 수 없기 때문에 스탠스나
스윙에 지장을 받을 것 같으면 벌점 없이 그 지점으로부터
1클럽 내에 드롭할 수 있다.(홀에서 가깝지 않게) OB의 망이
나 말뚝은 장애물이 아니다.

■ 잠정구(Provisional Ball)

최초의 공이 분실 또는 OB가 될 염려가 있을 경우에 잠정
구를 칠 수 있다. 그러나 공이 워터해저드나 언플레이어블
이라고 염려했을 때에는 제외한다. 만일 최초의 공이 언플
레이어블 또는 워터해저드가 되었을 때에는 잠정구를 버려
야 한다. 잠정구를 칠 때에는 최초의 공을 확인하러 가기
전에 쳐야 하며, 이를 상대방에게 통고해야 한다.

■ 집어올리기, 드롭하기 및 플레이스하기
   (Lifting, Dropping and Placing)

드롭이 허락되었을 때, 플레이어는 똑바로 서서 공을 들고
드롭해야 한다.(2019년부터는 무릎 높이까지만 올려서 드롭하도록
규정이 완화되었음)

■ 워터해저드 공

 (Water Hazards including lateral Water Hazards)

워터해저드의 후방에서나 혹은 그전에 쳤던 자리에 가서 1
벌점 후 드롭하고 다시 친다.

래터럴해저드에서는 또 다른 선택을 할 수 있다. 즉 공이
최후로 해저드 선을 넘은 지점이나 반대편(동거리)에서 1벌
점 후 2클럽 내에서 드롭할 수 있다.

■ 핸디캡

골프를 잘하고 못하고에 상관없이 모든 사람이 공평하게 플
레이를 즐길 수 있다.

핸디캡 계산 방법은 파72의 골프장을 A, B, C 세 사람이
평균적으로 A는 78타, B는 91 타 C는 101타로 가정할 때
이18홀의 타수에서 파72를 뺀 것이 핸디캡이 된다. A의 핸
디캡은 78-72=6타, B의 핸디캡은 90-72=18타, C의 핸
디캡은 102-72=30타가 됩니다. 자신의 타수만으로 우열을
정한다면 언제나 A가 이기겠지만 핸디캡에 의해 A, B, C
는 언제나 같은 조건에서 플레이할 수 있다.

■ 퍼팅그린(The Putting green)

그린 위에서는 공을 굴리거나 문질러서 그린을 시험하지 못
한다. 그린 위에서는 최초 위치에 표시하고 공을 집을 수
있으며, 다시 놓을 때에는 정확한 지점에 리플레이스한다.

공의 충격으로 생긴 그린 위의 손상이나 전에 사용한 홀 자국은 고칠 수 있다. 다른 공이 방해가 될 때, 공을 마크하고 치우지 않으면 안 된다. 그린 위에서 자기의 공이 다른 공을 건드리면 스트로크 플레이에서 2벌점(건드린 사람이)을 받는다. 홀아웃 시 매치 플레이 이외는 반드시 홀 아웃을 해야 한다.

■ 디봇(Divot)

샷에 의해 파인 잔디를 디봇이라 하며 디봇 마크란 잔디 덩어리가 날아간 자리를 말한다.

■ 컨시드(concede)

홀 매치(hole match) 게임에서 그린 위의 공을 원 퍼트(one putt)로 홀인(hole in)시킬 수 있다고 인정한 경우, 이후의 퍼트를 면제해주는 것을 말한다. 스트로크 플레이(stroke play)에서는 허용하지 않는다.

■ 홀컵(hole cup)

홀컵은 108mm이고 깊이는 100mm 이상이다. 한 뼘도 채 안 되는 작은 원통에 무게 45.93g, 직경 42.67mm 크기의 볼을 넣어야 한 홀이 끝난다.

■ 벙커에서 샷 후

모래에 난 발자국, 샷자국을 고무래로 정리한다.

■ 오버래핑 그립

가장 많이 사용하는 그립 방법으로 오른손의 새끼손가락을 왼손의 집게손가락 위에 겹쳐서 잡는 형으로, 먼저 클럽의 손잡이를 왼쪽 손바닥에 비스듬히 놓고 세 손가락을 골프채 자루에 감는다. 다음 집게손가락을 오므려서 방아쇠를 당기는 모양을 하고 클럽을 단단히 쥔다. 이어서 클럽의 손잡이를 오른손 중지와 약지의 중앙에 놓고 왼손 집게손가락의 마디 위에 오른손 새끼손가락이 겹치도록 하여 엄지손가락과 집게손가락으로 손잡이를 가볍게 잡는다.

■ 볼

골프 규칙에는 공의 중량도 45.93g보다 무겁지 않고, 직경은 42.67mm보다 작지 않도록 규정하고 있다. 골프공의 선택 기준은 공의 크기, 공의 구조, 경도 등이다. 공의 구분은 공의 크기에 따라 직경이 41.15mm인 작은 공과 42.67mm인 큰 공으로 구분된다. 골프공의 표면에는 많은 홈이 패여 있는데, 이것은 단순한 장식이 아니라 딤플(Dimple)이라고 해서 공기 저항을 없애고 볼을 올리는 힘을 높게 하는 작용력이 있다.

■ 내기 골프

① 스트로크(Stroke) Game

내기 골프의 가장 기본이 되는 방식인 스트로크는 1타당 정한 금액을 각자 스코어의 차이를 곱해서 진 사람이 이긴 사람에게 주는 방식이다. 하수에게 불리함을 만회해주기 위해서 핸디캡에 해당되는 금액을 미리 지불하고 시작하는 것이 일반적이고, 서로 핸디캡 없이 하는 경우를 '스크래치'라고 한다. 스트로크(Stroke)의 단점은 경기 시간이 많이 지체될 수 있고, 동반자의 핸디캡을 잘 알 수 없으니 핸디캡을 속였다고 오해할 수도 있다. '트리플보기', '버디', '3명이 비기는 경우'는 더블판(배판)이라 해서 다음 홀의 타당 금액이 두 배로 올라가게 되는데 골프 초보자에게는 핸디를 받는다고 하여도 매우 불리한 게임이다.

② 라스베가스(Las Vegas) Hole Match Game

Las Vegas라는 Hole Match Game은 치는 순서에 따라 1, 4번과 2, 3번이 한편이 되어 하는 게임이다. Hole을 마치고 난 후에 편 가르기를 해서 승부를 결정하는데, 뽑기 통에 joker 표시가 된 봉 1개, 빨간색 표시 2개, 파란색 표시 2개를 넣고 4명이 뽑아서 편 가르기를 하는데 joker는 보통 그 Hole의 Best Score를 하거나 보기 등으로 미리 정해놓고 하는 Game으로, 골프 치는 맛과 Hole이 끝날 때마다 뽑기를 하면서 쪼는 맛을 동시에 충족시켜줄 수 있고, 잘 못 치고도 joker를 뽑으면 승자가 될 수 있는 게임이다.

LIFE BEST 스코어

- 언 제 :

- 어디서 :

- 누구와 :

- 스코어 :

HOLE	1	2	3	4	5	6	7	8	9	
PAR										
SCORE										

HOLE	10	11	12	13	14	15	16	17	18	TOT
PAR										
SCORE										

최고 버디 스코어

- 언 제 :

- 어디서 :

- 누구와 :

- 스코어 :

HOLE	1	2	3	4	5	6	7	8	9	
PAR										
SCORE										

HOLE	10	11	12	13	14	15	16	17	18	TOT
PAR										
SCORE										

100타를 깬 라운드 스코어

■ 언　제 :

■ 어디서 :

■ 누구와 :

■ 스코어 :

HOLE	1	2	3	4	5	6	7	8	9	
PAR										
SCORE										

HOLE	10	11	12	13	14	15	16	17	18	TOT
PAR										
SCORE										

홀인원

■ 언 제 :

■ 어디서 :

■ 누구와 :

■ 스코어 :

HOLE	1	2	3	4	5	6	7	8	9	
PAR										
SCORE										

HOLE	10	11	12	13	14	15	16	17	18	TOT
PAR										
SCORE										

C.C: Course: Date:

HOLE	1	2	3	4	5	6	7	8	9	10	11	12	13	14	15	16	17	18	TOT
PAR																			
SCORE																			
Co–Player																			

C.C: Course: Date:

HOLE	1	2	3	4	5	6	7	8	9	10	11	12	13	14	15	16	17	18	TOT
PAR																				
SCORE																			
Co–Player																			

C.C: Course: Date:

HOLE	1	2	3	4	5	6	7	8	9	10	11	12	13	14	15	16	17	18	TOT
PAR																			
SCORE																			
Co–Player																			

C.C: Course: Date:

HOLE	1	2	3	4	5	6	7	8	9	10	11	12	13	14	15	16	17	18	TOT
PAR																			
SCORE																			
Co–Player																			

C.C: Course: Date:

HOLE	1	2	3	4	5	6	7	8	9	10	11	12	13	14	15	16	17	18	TOT
PAR																			
SCORE																			
Co–Player																			

C.C: Course: Date:

HOLE	1	2	3	4	5	6	7	8	9	10	11	12	13	14	15	16	17	18	TOT
PAR																			
SCORE																			
Co–Player																			

C.C:

Course: Date:

HOLE	1	2	3	4	5	6	7	8	9	10	11	12	13	14	15	16	17	18	TOT
PAR																			
SCORE																			

Co–Player

C.C:

Course: Date:

HOLE	1	2	3	4	5	6	7	8	9	10	11	12	13	14	15	16	17	18	TOT
PAR																			
SCORE																			

Co–Player

C.C:

Course: Date:

HOLE	1	2	3	4	5	6	7	8	9	10	11	12	13	14	15	16	17	18	TOT
PAR																			
SCORE																			
Co–Player																			

C.C:

Course: Date:

HOLE	1	2	3	4	5	6	7	8	9	10	11	12	13	14	15	16	17	18	TOT
PAR																			
SCORE																			
Co–Player																					

C.C: Course: Date:

HOLE	1	2	3	4	5	6	7	8	9	10	11	12	13	14	15	16	17	18	TOT
PAR																			
SCORE																			
Co–Player																			

C.C: Course: Date:

HOLE	1	2	3	4	5	6	7	8	9	10	11	12	13	14	15	16	17	18	TOT
PAR																			
SCORE																			
Co–Player																			

C.C: Course: Date:

HOLE	1	2	3	4	5	6	7	8	9	10	11	12	13	14	15	16	17	18	TOT
PAR																			
SCORE																			
Co-Player																			

C.C: Course: Date:

HOLE	1	2	3	4	5	6	7	8	9	10	11	12	13	14	15	16	17	18	TOT
PAR																			
SCORE																			
Co-Player																			

C.C:

Course:

Date:

HOLE	1	2	3	4	5	6	7	8	9	10	11	12	13	14	15	16	17	18	TOT
PAR																			
SCORE																			
Co–Player																			

C.C:

Course:

Date:

HOLE	1	2	3	4	5	6	7	8	9	10	11	12	13	14	15	16	17	18	TOT
PAR																			
SCORE																			
Co–Player																			

▌박화진 수필가·시인

정년퇴직 후 인생 2막을 위한 숙고의 시간에 시, 수필 등 저작 활동에 열심이다. 틈틈이 대학에서 강의도 한다. 100타의 늪에서 허우적거리는 자타공인 골맹이다. 그럼에도 골프와 인생의 미학을 예찬한다.

저자의 책

- 『자카르타 박순경에서 대한민국 경찰청장까지』(2008)
- 『마음이 따뜻한 경찰이 되고 싶다』(2012. 지식공감)
- 『답장을 기다리지 않는 편지』(2017. 문학공감)
- 『경찰이 사기를 가르치다』(2019. 문학공감)
- 『초록이 흐르는 계절 바람이 분다』(2020. 문학공감)

골똘히 생각해보니

초판 1쇄 2021년 05월 01일

글·그림 박화진
발행인 김재홍

발행처 도서출판지식공감
등록번호 제2019-000164호
주소 서울특별시 영등포구 경인로82길 3-4 센터플러스 1117호(문래동1가)
전화 02-3141-2700
팩스 02-322-3089
홈페이지 www.bookdaum.com
이메일 bookon@daum.net

가격 15,000원
ISBN 979-11-5622-597-3 03810